前進夢幻森林

AOYI BRAND DESIGN／繪圖・企劃

東販出版

01

今天是晴朗的好天氣。

咦？原本白天都會出來玩耍的動物們，

怎麼都有氣無力的呢？

花立漉忍不住問道：

「今天大家都懶洋洋的，到底發生什麼事了？」

雨語蛙說：
「昨天晚上，森林裡突然來了好多怪獸。
怪獸發出『轟隆！轟隆！』的聲音，吵得大家都沒睡好！」

03

花立漉想了想，突然靈機一動：
「看來怪獸已經入侵森林了。我們一起搬到夢幻森林好不好？」
小虎貓一聽，馬上拿出地圖，找到前往夢幻森林的路。

他們都聽說過，夢幻森林是個沒有汙染、
充滿鳥語花香的地方。
如果可以搬到夢幻森林，
就不會有可怕的怪獸了！

當大家正覺得既期待又開心時，鈎鈎熊卻哭了！
「那我的家該怎麼辦？我才剛蓋好耶！」
花立漉趕忙安慰她：「沒關係，我們也會一起幫忙蓋新家的！」
雨語蛙也跳出來，說：「對！不會有事的，妳別哭。」

小虎貓說：「到了夢幻森林，妳還可以再有一個新家呀！
我也會幫忙採妳最愛吃的果實喔！」
鈎鈎熊終於放下心，和大家一起收拾行李，準備出發！

牠們走呀走，走呀走的，來到了路邊。
小虎貓突然停下腳步，一邊發抖，一邊說：
「怎、怎麼辦！我、我最怕過馬路了！
馬路上有好多怪獸！」

小番犬拍拍小虎貓，安慰著說：
「不用怕！我會保護妳的！跟我手牽手吧！」
花立漉說：「我們一起想辦法，看看怎麼安全過馬路吧！」

牠們站在路邊，
一起想該怎麼突破重圍，過到馬路的另一邊。
花立漉說：「我們可以等那些怪獸
都不動的時候，趕快跑過去！」
小虎貓馬上說：「可是，現在看不到路，好可怕！」
鈎鈎熊說：「等風沙吹過之後，就看得到路了！」
大家都有不同的想法，該怎麼辦呢？

這時候，小番犬想到自己有一籃番茄。
小番犬說：「雖然這是我最喜歡的番茄，不過沒關係！
我們可以把番茄丟到路上，如果番茄沒有破，
代表怪獸沒有出現，這樣，我們就可以過馬路了！」
小番犬說完，馬上扔了好幾顆番茄到路上。

沒想到，丟出去的番茄炸開了！
大家全都嚇呆了！

動物們都好緊張，趕快呼喊點子最多的雨語蛙來幫忙。
「雨語蛙！你快點想辦法呀！」
雨語蛙說：「好！先讓我冷靜一下，我想想……」

雨語蛙找了一塊大石頭，
坐上去閉起眼睛想了又想。
過了好幾秒鐘，雨語蛙突然睜開眼睛。
他說：「呱呱！我知道了！
我們可以請斑馬先生來幫忙！」

斑馬先生說：「想要安全過馬路，一定要有這個！」
斑馬先生在地上畫出一條一條的斑馬線。
小虎貓說：「哇！跟斑馬先生身上的條紋一樣耶！」
花立漉說：「太好了！謝謝斑馬先生！」

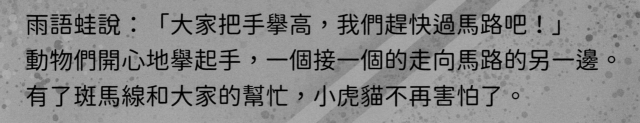

雨語蛙說：「大家把手舉高，我們趕快過馬路吧！」
動物們開心地舉起手，一個接一個的走向馬路的另一邊。
有了斑馬線和大家的幫忙，小虎貓不再害怕了。

21

可是，正當他們興高采烈走在斑馬路上時，
突然出現了一隻怪獸，眼睛發出強光，照向他們。
剛好走到路中間的動物們，全都愣住了。

想要抵達夢幻森林，一定要平安通過馬路。
但是，閃著強光的怪獸隨時都會出現。
究竟花立漉、鈎鈎熊、小番犬、小虎貓、雨語蛙
有沒有平安抵達夢幻森林呢？

奧義品牌國際有限公司 AOYI BRAND DESIGN

奧義 AOYI 的基礎精神是創造「無限可能」。圖像是無國界的語言，擁有在地故事與精神的
圖像品牌，能迸發出更大的文化力量，傳揚更多寓意深遠的故事。

灣A麻吉 Taiwanimal，以五隻可愛動物爲發想，創造出一系列的麻吉〈意旨要好朋友〉，
分別是台灣黑熊（鉤鉤熊）、梅花鹿（花立漉）、台灣犬（小番犬）、諸羅樹蛙（雨語
蛙）以及台灣石虎（小虎貓）。藉以可愛動物的圖像傳遞教育、文化以及更多正面能量。

團隊簡介
企劃／周君政、楊顏寧
繪製／張瀞元、沈泰得
設計／陳甄妤
奧義品牌國際網站 www.aoyi.tw
灣A麻吉臉書 www.facebook.com/taiwanimal/

前進夢幻森林

2019年8月1日初版第一刷發行

繪　　圖　　AOYI BRAND DESIGN
企　　劃　　AOYI BRAND DESIGN
企劃編輯　　曾羽辰
美術編輯　　寶元玉
發 行 人　　南部裕
發 行 所　　台灣東販股份有限公司
　　　　　　＜地址＞台北市南京東路4段130號2F-1
　　　　　　＜電話＞(02)2577-8878
　　　　　　＜傳眞＞(02)2577-8896
　　　　　　＜網址＞http://www.tohan.com.tw
郵撥帳號　　1405049-4
法律顧問　　蕭雄淋律師
總 經 銷　　聯合發行股份有限公司
　　　　　　＜電話＞(02)2917-8022

怡比（上海）文化創意有限公司
奧義品牌國際有限公司 AOYI BRAND DESIGN
700 台南市中西區西賢一街109巷1號
No.1, Ln.109, Xinan 1st St., West Central Dist., Tainan City 700, Taiwan (R.O.C.)
+886-6-2580-815 　+886-6-2580-831 　aoyi@aoyi.tw 　www.aoyi.tw